U0081384

再老，還是母親的小小孩

褚宗堯博士 著
李盈蓁 圖

無論　你年紀多大

要明白　母親跟前你永是孩子

要把握　依被母親疼惜的幸福

要謹記　母親好意要照單全收

要體諒　母親總把你當三歲孩

要懂得　享受老母的溫馨叮嚀

要誠摯　感動母親的特別關愛

要珍惜　樂為母親心中老小孩

無論　你年紀多老

切莫忘　再老還是母親小小孩

這是我的故事　也是你的故事

是每個人一生　必經歷的故事

呼籲為人子女者——

行孝要「及時」更要「即時」

陪同母親觀賞竹科園區內盛開的香港櫻花

（時母親95歲—2011/4/16）

推薦序

——其行也恭，其孝感人

涂光敷

民國四十五年，我與褚府二小姐惠玲成婚，從此與褚府結了很深的緣份。我孑然一身在台，妻的家人都成了我的親人。那時作者宗堯年方四歲，結婚照裏，我抱他於膝間，他自幼即聰慧乖巧，極得人緣。

宗堯自少及長，刻苦自勵，奮發向上。憶有一年，大學聯考在即，因岳家與余比鄰，余每每夜起小解，輒見鄰室燈火通明，是宗堯仍深夜苦讀也，余迄至今印象仍然深刻。語云：「成功非可倖致」，誠哉斯言也。爾後彼一帆風順，臺大畢業得學士與碩士、再取交大博士，並在交大執教二十餘年後退休。

褚府諸兄弟姊妹，事親至孝，睽諸當今之世，尚少出於右者。作者宗堯是家中排行老九的么兒，與母長時共居，朝夕近慈顏，知母更深，其孝愛之行更甚於諸兄姐。

作者嗜喜旅遊，岳母亦如是，么兒為遂其所好，凡有出國旅遊，多次必邀母同行。除於慈母八十歲時，攜其妻及二子女三代同遊北歐四國及俄羅斯外，亦曾四次單獨一人專程攜母出國。第一次至上海、蘇州；第二次再遊上海、蘇州、杭州；第三次去日本北海道；第四次慈母已九秩嵩壽，更專程陪其同遊日本黑部立山。

內弟宗堯之為「孝」，「是真發於中者耶」，「其心厚於仁者耶」，彼之細心體貼，至於斯極。事實上，其眾兄姊們亦常讚言他：「小弟對媽媽的至孝，超越常人」，言不虛也。吾數十年常相與共，深知其事，故能詳也。

余忝為作者之親人，雖無以在其著述上多所著墨，然知作者之生活、心性與為人暨其著述之緣由，或可窺其概略。今讀作者之文，教人無盡沉思迴盪。

作者博覽群書，古今中外名著，多所涉獵。憶及民國七十二年彼購新屋搬遷時，所遺留舊書中有一冊「四書讀本」，余取之翻閱，驚訝不已，此書全冊由前至後，密密麻麻用紅筆註記解說甚多，吾始乃知宗堯讀書之專、之精、之用功也。

內弟宗堯近年來為母親所著「孝母專書」，已付梓七冊。文中多處，詳述對母親一生的持家與為人、處世之道，以及母子間的舐犢情濃與孺慕情深。吾省思回顧孝經孝文，實皆可與之相為呼應。

作者宗堯今日更以《再老，還是母親的小小孩》出第八本「孝母專書」（繪本），其行也恭，其孝感人，期能呼籲更多人效其行，弘揚孝道於社會。仔細品讀宗堯此作後，其孝更是令我動容與欽佩，謹此為其作序。

民國一一一年　元月

涂光敷　於風城新竹

作者按：涂光敷先生為本書作者已故二姊褚惠玲女士之夫婿，現年高壽九十五歲，曾任職新竹縣政府兵役科科長退休。

推薦序

——摯孝人子，世間少有

褚煜夫

世間的愛有很多種，但，很少愛能與父母對子女的愛或子女對父母的愛，等值而視之，因為，親情之愛是無價的！

回想早期褚家那艱辛困頓的年代，一貧如洗的家境，母親用她無比的堅毅、愛心、及智慧，讓我們四個兄弟、四個姊妹，沐浴在母愛中成長、茁壯，並培養成為社會上有用之人，母親是何其偉大啊！

尤其母親一生百歲，她老人家待人處事始終都奉行著善良、博愛世人的準則。我們有幸作為她的兒女，真是與有榮焉。

永遠忘不了母親在世時，每個禮拜總會有一天（通常是星期四），兄弟姊妹及媳婦女婿們，聚會在老么堯弟的家。大家圍繞在母親的身旁，談古說今、回顧從前褚家的種種生活點滴，每每逗得坐在一旁的媽媽開心地笑了，而我們更是其樂也融融！

然而，這樣幸福、美滿、快樂的日子，在六年前，卻隨著母親往生「西方極樂世界」後，如今已不再擁有了！

想起一〇四年農曆十一月十七日的這天，正值阿彌陀佛的佛誕日。母親以百歲的嵩壽，無痛無苦、安詳寧靜地被佛祖接引往生西方極樂世界。佛祖這樣的疼惜母親，如此的殊勝，我們為人子女的夫復何求！

褚家的兄弟姊妹們對母親都非常孝順，但，排行老么的堯弟，對母親的侍奉、照顧做得最為徹底，也最為投入。回想母親生前最後十年，幾乎長住在堯弟家中，無論起居的打理、病痛的養護，大都是他一家人在照顧。這點，讓我們兄姊們都很感謝，堯弟，真的是辛苦你們了。

尤其，後來母親病重住院的那一段時間，看著堯弟日夜照護母親的愛心、細心、以及耐心，做為兄姊的我們都覺得自嘆不如。坦白說，他不但做到了「孝養」媽媽的「身」，更做到了「孝敬」以及「孝順」媽媽的「心」。

堯弟常說，他和母親是前世結下了諸多善緣，我想，這絕對是真的！

為了緬懷母親，堯弟在一〇一年到一一〇年的九年間，先後為母親寫下了七本「孝母專書」。這些書中，描述了母親一生的重要生活點滴及諸多嘉言懿行。坦白說，我們這些兄姐們對母親想說的、想做的，堯弟都為我們說了、做了，而且說得、做得相當徹底。此點，我們除了敬佩與感謝外，真的也以這位么弟為榮。

堯弟的《再老，還是母親的小小孩》繪本新書即將發行，大哥謹代表褚家兄弟姊妹們向堯弟祝賀，並對他致上最誠摯的謝意！此外，我相信，這第八本孝母專書絕不是完結篇，因為他對母親的孺慕與思念之情，是永不止息的。

雖身為他的大哥，我不諱言地說，像這樣一位在母親生前及身後都如此摯孝的人子，實為世間少有。坦白說，本書絕對值得品讀，而他的下一本書，甚至更多下下本書，都是值得讓我們期待！

民國一一一年　元月

褚煜夫　於風城龍騰大廈

作者按：褚煜夫先生為本書作者之大哥，現年八十五歲，曾任國立新竹高級中學暨國立新竹女子高級中學之數學教師、明新科技大學數學講師。

推薦序

——克服色難，笑臉娛親

包宗和

宗堯兄第八本孝母專書即將問世，囑我為之作序，並告以將用繪本方式呈現。我一方面對其豐沛的創作力感到佩服，一方面也再次為其孝心所感，爰答應勉力為之。

展讀本書，可以發覺作者將過去七本書的精華盡收於此，並將詞意生動地傳達於繪圖當中，即使未讀文字，也能領會作者所欲宣揚的孝道。宗堯兄每本孝親書籍都使我領略到孝字更多的深層意涵。

在這本書中，我感覺作者所要表達的是在慈母眼中，不論兒女年歲多大，都是在食衣住行永遠需要照顧保護的孩子。當子女漸漸成長，不免對母親的叨念感到不耐，除了不想予外人以媽寶形象外，也希望在配偶和孩子面前成為一位保護者，而非被保護者。而當慈母心境和子女反應產生落差時，即往往造成母親的挫折感。其實子女若能體諒慈母的反覆叮嚀乃是一種母愛的表現，就很自然能以感恩的心去接受這份關愛，並偶爾以母親年輕時對自己的記憶形象來取悅老人家，也就是作者經常提到的彩衣娛親，這對慈母而言將是一種莫大的歡喜與安慰。

論語為政篇言，子夏問孝，子曰：「色難，有事，弟子服其勞，有酒食，先生饌，曾是以為孝乎？」孝順雙親，不是予其物質滿足就可以了，更難的是要做到和顏悅色，這也常常是父母最在意的。作者以願做老小孩為全書核心，就是勉勵為人子女者要克服「色難」，做到不生父母的氣，進而時時以笑臉娛親，這就掌握到孝的精髓了。

本書既為繪本，故多處均配合文字附上老小孩意象的插圖，畫作凸顯慈母與作者間愛的互動，貼切而傳神。作者以簡潔的文字及生動的繪圖勾勒出孝道的重點和精神，使讀者心領神會，甚至發出會心的微笑，進而更加珍惜與父母相處的時光。繪本的另一特色是透過插圖可以吸引更多年輕朋友去閱讀書中內容，因而有助於孝道的傳播。

宗堯兄在八本孝親專書中分別以抒情、遊記、小說，詩詞、漫畫等多元體例來宏揚孝道，並以自身事親經驗為例，充分發揮了身教與言教的功能，為社教樹立了良好的典範。而作者接續出書的動力，即在於其不能自已的思親情懷，除令人動容外，也益見褚伯母生前教養子女的成功及作者秉性的純良。

民國一一一年　元月

包宗和　於台北

作者按：包宗和先生為作者在台灣大學時同窗摯友，曾任台大政治系教授、台大副校長、監察院監察委員，現任台大政治系名譽教授。

推薦序

——最幸福的任性

陳振遠

「在父母面前，我們永遠是個孩子」，看似簡單的一句話，卻是不折不扣的事實，短潔的字裡行間，有著情長深詠的溫暖。

這是褚老師為母親寫下的第八本書，尤其在他的母親離開的六年後，將道不盡的思念，化作一筆筆的思緒線條譜出這本動人的繪本書；與母親間稀鬆平常的對話，一幕幕生動的描述與刻畫著，彷彿昨日的相處點滴，每每觸動著我們內心的悸動，當下的動容、回味再三的後座力，這就是親情天倫的溫度！

褚老師在完成七本「孝母專書」後，曾經自嘲說已經沒有任何題材可以繼續發揮，但是已過花甲之年的他，隨著時光推移與人生的體悟，對母親的思念之情不因時間而褪淡，反而醞釀出更濃郁的芬芳。

說起褚老師的第八本《再老，還是母親的小小孩》繪本書問世來由，褚老師總是謙虛的說是幸運般的靈光乍現，但倒不如說是褚老師對母親的眷念與感念的呈現之作。

《再老，還是母親的小小孩》打破時間限制，提醒著我們原來不管年紀多大，永遠都是母親最疼愛的寶貝，這也是人世間最幸福的任性。

民國一一一年　元月

陳振遠　於高雄義守大學

作者按：陳振遠先生為作者在交通大學任教時極為資優學生，曾任國立高雄第一科技大學校長、教授；現任義守大學校長、講座教授、中華民國科技管理學會院士。

自序：難忘母恩舐犢情

這本書，已經是我為母親寫的第八本書了。

我常想，這世上曾為自己母親寫過一篇文章的人，本就不多，會寫下一本書的人，那就更少了。尤其，會在前後九年半時光，為母親一連寫下八本書的人，雖不敢說沒有，但，應該是少見吧！

而我，卻是其中的一人。何故？……

母親膝下五男五女，我排行老九，是她的么兒。我們之間的母子情，是罕見的緣深與情重。

她老人家福報甚大，高壽百歲安詳辭世，至今，匆匆已過六年。但，我對她的思念，卻日深一日，綿延不絕……

她的房間，我依舊維持著原貌，紋絲未動。

每天早晚，我會進去向床頭櫃上她的肖像請安，宛如她老人家依然與我同在。然後，在她床邊的椅子上靜坐片刻，回想過去和她在一起的那些美好時光。頓時，一股溫馨情懷盈滿我心深處。

母親，始終是我日間心頭思念、夜間夢中縈懷的身影。

這些年來，我除了經常想念她外，也一直積極推廣孝道，並以母親的事蹟為題材，陸續為她寫了如下七本「孝母專書」：

《話我九五老母——花甲么兒永遠的母親》、《母親，慢慢來，我會等您》、《母親，請您慢慢老》、《慈母心．赤子情——念我百歲慈母》、《詩念母親——永不止息》、《一個人陪老母旅行——母與子的難忘之旅》、《母與子心靈小語》。

不少親友及讀者時常問我，究竟是什麼動機讓我如此發心呢？

實話說，這每一本書都是我為了報效母恩，以及發心弘揚孝道而完成的。

這七本「孝母專書」系列，包括：散文、詩歌、小說、插畫等不同文體。坦白說，在完成這些作品後，我已感到江郎才盡，幾乎想不出還能有什麼題材，可以讓我繼續發揮的。

然而，我是幸運的，佛菩薩與母親總在我感到茫然時來眷顧我。

某日清晨，我照例進入母親房間向她的肖像請安。驀然間，瞧見了那張我複印並裱裝好的獎狀，是母親在世時，我親手送給她老人家的文學獎紀念。……

時空回到民國一〇四年（2015）六月九日，我榮獲「第四屆海峽兩岸漂母杯文學獎」（散文組第三名）。領回榮譽證書的當天，一進家門，我立即將獎盃及獎狀呈獻給母親，她老人家非常高興，連聲誇讚我，以子為榮之情溢於言表。

得獎之作是〈再老，還是母親的小小孩〉。我依然記得，當時高齡百歲的母親，坐在她房間的藤椅裡，喜不自勝地仔細戴上老花眼鏡，將作品置放在枕頭上，一字一句地逐行閱讀我的獲獎文章，此情此景，真是令我感動。

然而，讓我悲傷難過的是，那年的年底，她老人家竟然撒手人寰，離我而仙逝了……

自幼年以來，我對母親本就常懷孺慕之思與感恩之情，母親去世之後，這樣的深情更加自心底泉湧而出。所謂：「慈烏失其母，啞啞吐哀音。……百鳥豈無母，爾獨哀怨深。應是母慈重，使爾悲不任。」

慶幸的是，我能夠在她生前，以她的事蹟為題材榮獲文學獎，並親手將獎狀及獎盃呈獻給她，聊以慰藉她老人家對我的期許，這真是我的福氣。

今天，更令我欣慰的是，一個靈感乍現，提醒著我：要以《再老，還是母親的小小孩》為題材，為母親出版一本「繪本書」。

這個靈感實屬難得，因為，之前為母親所寫的專書，我從未考慮過以繪本方式出版。倘若能以「繪本書」來呈現這篇得獎之作，相信「孝母專書」的風格將會更具親和力，而親情的抒發也肯定會更加生動。

尤其，更能拉近我和讀者間的距離，而提升本書的可讀性。如此一來，對於孝道的弘揚與推廣，豈不更有助益？

我在想，這麼好的靈感一定是來自佛菩薩與母親的美意，我豈能辜負？

隨即，心裡打定主意，決意要積極為這件深具意義的任務全力以赴！

為此，我以《再老，還是母親的小小孩》為本書內容的主體，並邀請李盈蓁小姐為我繪圖，在每一開頁，編製了與內文相為呼應的溫馨插畫，希望能夠增益本書想要顯發的親情氛圍。

換言之，希望藉由圖文並茂的展現方式，更能生動表達我這么兒，對已仙逝數年的老母親，那難以割捨的孺慕情懷；以及緬懷這輩子母親她老人家，惠予我的浩瀚母恩及舐犢濃情。

彌足珍貴的是，在整編過程中，母親的音容笑貌宛然在目，鮮活如昔，彷彿她老人依舊陪伴在我身邊一般，而我對母親永不止息的思念，也不斷從我的記憶金庫裡泉湧而出。讓我得以穿梭於記憶甬道之間，將那些母子倆珍貴相處的歲月憶往，藉由圖與文的相為呼應，顯現出更加立體與層次感的時空場景。

真的，能夠得此收穫，我的內心既感動又感恩。

而就在如此殊勝的因緣下，我為母親寫的第八本專書**《再老，還是母親的小小孩》**（序號：**母慈子孝008**），與讀者們見面了。

本書共分為兩個部分：第一部「話我慈母」，包括：「百歲老母與花甲么兒」、「母親跟前我永是孩子」、「依被母親疼惜的幸福」、「母親好意要照單全收」、「母親總把我當三歲孩」、「享受老母的溫馨叮嚀」、「感動母親的特別關愛」，以及「樂為母親心中老小孩」等八個子題。

第二部「詩我慈母」，我為母親題的一首新詩：〈再老還是您的小小孩〉。

綜觀多年來我的一系列「孝母專書」，每一本書所想傳達的宗旨，不外乎強調：**欣為慈母的么兒，非常珍惜這份殊勝的母子緣，願用心及盡心地把握與母親難得的共處時光，並永不止息地眷念慈母的身影。**

幾乎，我在每本「孝母專書」中的序文裡都會強調，我只是一介平凡百姓，既非大官、名流，亦非富豪，寫作出書之目的，既不為名也不為利。

唯願這些作品留傳給自家後代子孫，及有緣的讀者們，除了分享我多年來孝順母親的做法與心得外，更期盼大家能夠盡份心力，一同來推廣孝道！

我真要再次感謝佛菩薩的加持，賜給了我完成本書及前七本書的機緣與動力。尤其，讓我能更深入瞭解，我這百歲仙逝的慈母的德行與情操，發現，她老人家比我想像中還要偉大、還要令我景仰。

我由衷感動的是，當我反覆且更加細細品讀這篇當年的得獎之作時，愈發感悟到，在慈母與子女之間，那種母親對子女的「舐犢情濃」，以及子女對母親的「孺慕情深」，毋庸置疑地，絕對是人間最可貴的至愛。

這本**《再老，還是母親的小小孩》**繪本書能夠順利出版，要特別感謝褚林貴教育基金會朱淑芬董事，在基金會相關行政事務的協助；以及楊東瑾顧問與李盈蓁小姐對基金會官網與facebook不遺餘力地投入和付出。

此外，也要感謝褚惠玲顧問、好友蔣德明先生，以及一些善心人士，他們對基金會多年來的慷慨捐贈與護持，讓會務的推廣以及孝母專書的出版皆得以持續並順利運行。

最後，如同先前為母親所寫的七本書的序言，我再次秉持著至誠，謹以此書呈獻給我一生的導師以及永遠的慈母——褚林貴女士（母親雖於百歲高齡辭世，但，她的法身卻與我常在，與我同行）。

《再老，還是母親的小小孩》一書除了恭敬地作為母親一百零六歲誕辰的獻禮之外，更感謝她老人家對我一輩子無垠無邊以及無怨無悔的照護與教誨——生我、鞠我、長我、育我、顧我、渡我……，並向她老人家誠摯地獻上我內心的祝福：

「媽，祝您在西方極樂世界精進增上，圓成善果！」

民國一一一年（2022）二月十八日（農曆正月十八日）

（母親一百零六歲誕辰紀念日）

褚宗堯　於風城新竹

附記：

完成了這本為母親所寫的第八本書後，腦海中突然想起當年母親辭世後百日，我在極度思念她老人家的心情下，寫了〈慈母度母〉這首詩：

母兮生我時三六

舐犢情深六五載

鞠我長我慈母情
顧我渡我度母恩
今雖慈母返淨土
長盼法身護我行

如今，匆匆已過六年，發覺，母親一直在我身邊，不曾離開我。

目次
Contents

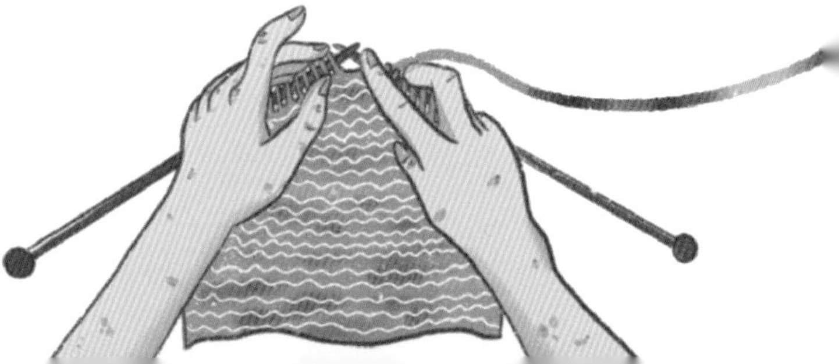

楔子：我與母親的故事

☆母子緣深情濃

母親生於民國初年，膝下育有十個子女——五男五女。

她在三十六歲時生下我，我排行老九，也是她的么兒。有人說：「么兒最有奶吃。」的確，母親曾經告訴我，直到五歲時我才真正斷奶。無怪乎，在所有兄弟姊妹中，我和母親的緣分最為深厚，情誼也最為濃摯了。

據說，母親生下我之後就生了場大病。可想而知，當時的她是如何辛苦。一方面有眾多孩子需要撫養，再加上一個剛出生的嬰兒要哺育；另方面，自己又重病纏身，真不知當年母親是如何渡過的。

在我稍微懂事後，便常內疚是因為我的出生而加重了母親的病情。因此，我很早就告訴

自己：這一生要比別人更加孝順母親，才能彌補她當年懷胎十月辛苦生下我的恩情。諸此於我，母親成了我終生無時不眷念的身影……

☆童年記憶中的母親

我對母親的記憶，在六歲以後，算是相當清晰完整的。可惜的是，小學之前的我，對母親的印象非常模糊；至今想要追憶，當然就更加支離破碎、難以連貫了。

不過，其中也有印象較為深刻，至今還常會想起的往事。例如，兒時仲夏午後，我時常依偎在母親的懷裡，和她一起躺在竹床上睡午覺，總感到特別溫馨。

母親因為家務繁重，工作非常辛苦，每天下午有休息片刻的習慣，藉此恢復體力。而我弱小的身軀，就靜靜地、乖巧地側靠在她胸前，一起進入黑甜夢鄉。

隔壁西服店的楊老闆，總是一面工作一面聽著收音機播放的電臺節目。記憶中，他收聽的節目，不是廣播連續劇就是歌仔戲；而且，音量都開得很大，好像左鄰右舍都必須是忠實聽眾似的。加上遠處間歇傳來夏蟬的嘶鳴，彷彿與電臺節目相互較勁，說實話，這種情境下，要能入睡並不容易。

母親或許是被忙不完的家務累壞了，很快地就沉沉睡去。我不敢手腳亂動攪擾她，總是

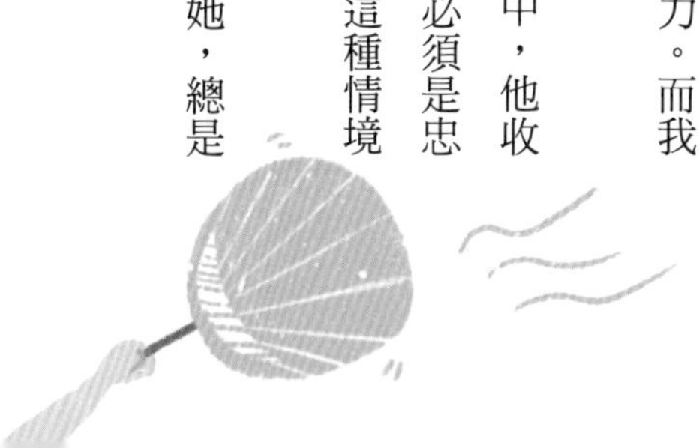

靜靜地凝眸端詳著母親那既漂亮又氣質高雅的臉龐，不一會兒，我也睡意濃濃、墜入了夢鄉。

睡夢中，恍惚間感受到涼風陣陣吹拂，我半睡半醒，瞇著眼睛看——原來是母親邊睡邊搖著扇子呢。

仲夏的臺灣非常酷熱，在那個年代，別說是冷氣了，窮人家連個電風扇也沒有。天氣熱了，也只能靠手搖蒲扇或竹扇來取涼。我是幸福的，母親大概是見我滿頭冒汗，心疼我，即使自己已經累壞了，還要為我搧風。

每次午睡，說實話，我這個閒人都休息得比她還要充足。因為，每當我從炙熱中醒來時，往往發現床上只剩我一個人，而母親早就起來多時，又去忙她做不完的家務事了。

☆陳年憶往，歷歷如昨

這些陳年往事，雖早已飛逝數十載，但每一想起，卻又歷歷如昨。

母親她那慈美的容貌、柔軟的懷抱、溫馨的體香，在我孩提時的純潔心靈裡，不啻是一種美好又安全的避風港。說實話，她之於我的關懷與照料，從小就如同菩薩般地護顧著我。

回想我那童年時代，窮家小孩是沒有上幼稚園的條件與權利的。我，當然也是屬於沒有條件的這一群孩子。不過，所幸小學是國民義務教育，因此，我在七歲時便很自然地進入了

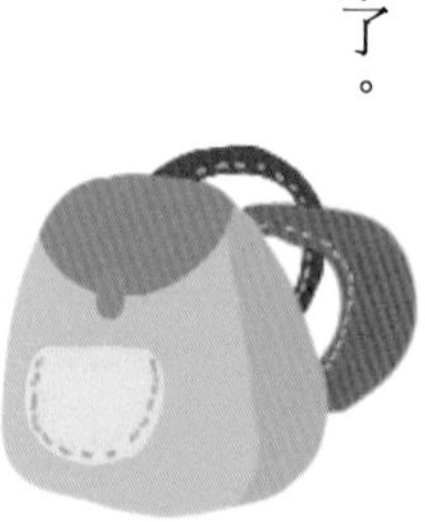

「新竹國民小學」。

猶記得開學當天早晨，我的心情雀躍無比。因為，我憧憬上學的這一天已經期待很久了。尤其，以前看到街坊同齡的小孩穿著可愛圍兜上幼稚園時，總是讓我羨慕萬分。

然而，我並不埋怨母親沒有能力讓我上幼稚園。坦白說，作為一個窮人家小孩，其心思和體會往往要比同年齡的小孩成熟許多。我很認分地知道，幼稚園教育是與我無緣的。而能夠如期進入國民小學，對我而言，已經是一件非常興奮的事了。

☆開學第一天，母親的囑咐

依稀記得開學的第一天，母親既慈祥又嚴肅地囑咐著我：

「阿堯，一定要認真念書，將來你才會有出人頭地的一天。」

「媽，您放心，我一定聽您的話，努力用功！」

我正視著母親的臉，點了點頭，宣誓般地回答（當時雖然我年紀尚小，但，態度卻是非常嚴肅認真，絕非虛應故事、敷衍母親）。

因為，家裡實在是太窮了，孩子又多，母親如此沉重的負擔，即使我才六七歲年紀，也能夠隱微地感受到她的養家壓力。事實上，在我幼小的心眼裡，她真的是一位既慈祥、負責

又無比偉大的母親，令我衷心敬仰又愛戴。

☆生平第一次能夠榮耀母親

猶記得當年，我稚嫩的心靈已經能夠深刻體會——
就一位小學生來說，做個乖巧又用功的好學生，應該是拿來慰藉母親最直接與最具體的方式吧！

後來，我真的一直努力專心求學，沒有辜負母親的期許。

在六年的國民小學生涯中，我始終保持著品學兼優、名列前茅的佳績。

尤其，那個年代的初級中學〔當時稱為「初中」而不叫「國中」（國民中學）〕尚未施行國民義務教育，入學前必須經過嚴格的聯合招生考試。記得當年，我是新竹國小應屆畢業生中，以最高分考上「縣立新竹第一初級中學」（即現在的「建華國中」）的；同時，也是以榜眼（僅次於狀元）身分被該校錄取。

如此殊榮，確實讓母親在親朋好友及左鄰右舍面前，受到了相當的讚美與羨慕。頓時，母親多年來含辛茹苦的犧牲和付出，得到了一定程度的慰藉。

「阿堯，你真棒，媽以你為榮。」母親帶著欣慰的口吻對我說。

事實上，就一個窮人家子弟來說，穿衣吃飯簡單寒酸，無法和人比評，日常生活也沒有什麼可以令人稱羨的地方，只有在發考卷得高分，或以優異成績金榜題名時，方得以出人頭地，榮耀自己與母親。

坦白說，這些點滴成果，某種程度上，也多少提升了一個窮家小孩的自信心。

憶及當年，在我童稚的心靈深處，早已清楚明白自己努力向上的背後動機——不為什麼，只為了讓母親在別人面前能夠揚眉吐氣！

☆至今仍無法忘懷的兒時記憶

直到今日，我仍然無法忘懷，小學時，母親為了支應食指浩繁的一家子開銷，是如何日復一日、月復一月、年復一年地辛苦勞作。

母親每天除了必須幫人洗衣、打雜來貼補家用之外，同時，還接了編織竹藤類工藝品的訂單。每每為了及時交貨，她必須熬到三更半夜，還無法上床休息。

經常，我在半夜醒來如廁時，睡眼惺忪地發現母親駝著背的身影，孤自一人在昏暗的燭光下還在繼續趕工。由於工作量大，她的十根手指常因藤竹刮傷而貼滿膠布，不時還有鮮血溢出，卻依然雙手忙碌地編織著，而無法休息養傷一天半日呢！

☆幼小心靈慰藉母親的信誓

看到此情此景，我的內心十分心酸難過，又因幫不上她的忙而深感無奈。只記得，當時幼小心靈深處激動不已，暗暗自我勉勵，同時信誓旦旦地安慰母親說：

「媽，您放心！我會用功念書，將來出人頭地，一定會好好孝順您！」

「好孩子，你真懂事，聽你這句話，媽就不累了。乖，趕快去睡，明天才有精神上課哦！」

印象中，小學生涯中的我，不僅個性溫馴，而且純真又善良。對母親如此艱辛的命運，總為她感到心疼不捨，但，卻又無奈於自己的年幼力弱。顯然，那是一種孩子急於想保護母親的真情流露。

而為了撫慰母親的心靈，我總盡力成為一個人見人誇的好孩子及好學生。事實上，我也確實做到了這一點。

如今回想，當年母親和我之間諸般溫馨的互動，應該是一種「母子情深」的早期寫照吧！

☆童年家貧受欺的往事

憶起光復初期，臺灣物資仍舊缺乏的年代，貧窮人家的權利總是不被正視的，甚至，經常被欺侮。猶記得，在我小學三四年級時，這種不公平的事情也曾經降臨我們家。

當年，我們褚家應該是方圓百公尺街坊內最窮困的一家了，尤其，左鄰右舍中不乏醫師、工廠老闆、米店老闆、雜貨店老闆、飲食店老闆等有錢人家。

其中，某位家境富裕的鄰居，財大氣粗，就曾經為了自家一點蠅頭小利，與我父親發生言語上的衝突，甚至還拳打腳踢起來。由於對方人高馬大，而父親身材較為瘦小，很快地被推倒在門前大水溝裡，造成我父親多處外傷。

當時我在場目睹整個過程，氣憤填膺，顧不得自己還只是小學三四年級的弱小身量，雙拳握緊，準備給惡人來個迎面痛擊。說時遲那時快，拳頭正要揮出，就被母親又驚又急地攔截了下來——只見她滿臉淚水地苦苦哀求對方停止暴力相向。

此時，對方的霸凌行為已經引起了周遭鄰居們的公憤，大家都知道，這是一件「為富不仁，以富欺窮」的事件。因此，有些人急著去制止暴力，有些人則趕忙從水溝中拉起我受傷的父親，更有些人善意地安慰仍在驚惶中的母親。

我激動地緊抱著母親止不住顫抖的身軀，內心懊惱著自己的無能，居然無法保護自己的父親，以及我那可憐又可敬的母親。

當年這件事不僅對我幼小的心靈造成了相當大的影響，也激勵了我一輩子無止境的向上心——力爭上游。

我發願有朝一日，一定要讓人家對我刮目相看，對我們褚家不再輕視，而是充滿著敬佩與羨慕之情。

尤其是，要讓所有的鄰居、親戚，與朋友都看到，母親生養了一個懂得上進、頗有成就且為人正派的好孩子。這樣的心願，對一個青澀年少的孩子而言，算不算偉大呢？

當晚，在母親面前我再度許下了諾言：

「媽，我會努力向上，為我們褚家爭光，也讓您以我為榮！」

「阿堯，媽有你這麼懂事的兒子，心裡好欣慰！」

☆一切努力都是為了母親

當時，我只覺得內心義氣凜然，一切努力的動機與想法都是為了母親，為了讓她一吐怨氣，為了讓她抬得起頭來，為了撫慰我可憐又可敬的母親，她那一顆純淨的心靈與偉大的情操。

從此，我更加用功讀書，年年保持名列前茅，為了母親；我田徑比賽，力爭佳績，為了母親；我品學兼優，懂事圓融，為了母親……。總之，一切的一切，都是為了母親。這一股向上努力的動力，我也不知道是從何處而來，或許是我和母親緣分特別深厚的「母子情深」吧！

可喜的是，此一動力，使我一路走來，無論是待人或處世方面，都能在正途上循規蹈矩，而不至於走向歧途岔路，一失足而成千古恨。

坦白說，我人生中所擁有的一切美好，都應該感謝母親對我的潛移默化以及無形卻又深遠的影響。

上了初級中學之後，我從一個兒童日漸長成為青少年。

由於排行老么的緣故，平常和母親的互動相對地也比較多些。或許是從小就能體會到母親的辛勞和她的偉大人格，印象中，在我的青春時期，並沒有顯著的「心理叛逆期」。

換句話說，在一般父母為兒女最感愁苦的那個階段，我的行為卻幾乎沒有讓母親煩惱擔心的地方。雖然當時我的年紀不大，但，其實已經能夠深切地認知到：不讓母親為我操心，乃是具體表現孝心的最佳方式。

通常，母子情深的自然反應，可以顯現在多種不同行為模式上。而除了前面所述的幾項事蹟外，隨著年齡的日漸增長，我發現，內心想要保護母親的傾向也愈加明顯。

或許，從某個角度來看，這可能是一件極為稀鬆平常的小事。但，從行為背後動力的一面來說，那其實更是一種強烈「母子情深」的心靈呈現。

☆自行車載母親的溫馨往事

回想小學時，母親和我總會定期去探望惠玲二姊及光敷二姊夫。

由於當時新竹市區公車系統還不很方便，母親和我常以步行走到二姊家，時間大約需要四十分鐘。但，打從初中後，我認為自己體力比以往更加強壯了，因此，主動要求母親讓我用自行車搭載她前往。

坦白說，雖然依年紀而論，我算是一個大男孩了，但，以當時我的身材來說，其實還是相當吃力的。

尤其，冬季的新竹風特別大，北風呼號的聲音，宛如夏天的小颱風。此時，甭說單車後面載著母親，就光是獨自踩動踏板前進也是相當不容易的。

但，為了母親，我死命地猛踩踏板，時而讓屁股離開坐墊直起身好藉此增強腿的踏力，時而壓低身體以減少阻力。我在想：當時如果有人從某個角度來為我們全程拍照或錄影的

話，相信那會是個意境極佳而又溫馨無比的「母子情深圖」。

「阿堯，停下來吧！你太累了，我們用走的去就好。」母親不捨地說著。

「媽，沒問題的，我的體力很好，您放心！」

我不服輸地繼續猛踩踏板，心中只有一個信念：我要安全又迅速地把母親載到二姊家。雖然，一路上氣喘如牛，偶爾也會上氣接不了下氣，但，皇天不負苦心人，每次我都圓滿地達成任務。而且，經過長期鍛鍊，我的腳力一次比一次更好，速度也一次比一次更快。

這樣的陳年往事，至今每每回想起來，內心總是感到無限的溫馨與懷念。真恨不得時光能夠倒流，回到當時的場景，再次騎著破舊的「腳踏車」，載著我敬愛的母親，重溫那難忘的「母子情深」往事，以及千金難買的珍貴記憶。

☆總以品學兼優慰藉母心

高中以後，我的品性一如往常地純良正直，學業也始終保持著名列前茅的佳績。

這樣的表現，一路走來，從「新竹國民小學」、「新竹第一初級中學」、「新竹高級中學」，以至「臺灣大學」的各階段求學生涯中，我幾乎從未有過脫離正軌的情事發生，當然，也從來沒有讓母親有過不必要的擔心。

說實話，關於課業及品性的事情，母親從來不擔心我，也從來不對我囉嗦。

還記得，她曾經對我說過這樣的話：

「阿堯，前途是自己的，為自己用功念書吧！」

我當然很清楚，在踏入社會有能力賺錢之前，我唯一能夠報答母親的，也只有繳出好成績單一途了。因此，從小到大，我一直專心致志求學。

猶記得，在高手如林的臺灣大學，我也曾經拿過不少次書卷獎（成績位居前三名以內）呢！

此外，在大學畢業後、研究所入學之前的那年暑假，我也一舉順利地通過了難度頗高的「國家高等考試」（企業管理人員及格）。

雖然，我參加高考並無特殊目的，只是想再次證明自己在這方面的實力，並多一張文憑而已。**但，內心深處所想的，其實是與母親之間「母子情深」的更深層表現。為的是，讓別人羨慕她有著一位人人誇讚的好兒子；換言之，我單純地只想將一切榮耀歸於我敬愛的母親。**

☆大學及研究所，年年兼家教

值得一提的是，在臺灣大學的求學過程中，雖然當時的家境，已經因為大哥的投入職場而改善了許多。但，大哥畢竟也有他的家庭要照顧。**為了減輕母親及大哥的負擔，我在臺灣大學的學生生涯（包括大學與研究所）裡，幾乎每學期都兼職家教，希望能夠藉此收入來貼補我在臺北的學費與生活開支。**

回想那六十年代的臺灣，能夠請得起家教的學生，他們的家境多半非常優渥，通常不是富商就是家有恆產。

但是，這些富家子弟，念書不大用功的比率竟然頗高。因此，即使父母為他們請了家教，但，他們成績的改善空間其實很有限。這時，我的良心難免有些不安。還好，家長們通常很通情達理，知道是自己孩子的問題，而我的家教兼職也才得以保住。

☆家教的窩心小故事

至今猶記得，有位學生的父親在香港經商，經常臺北、香港兩地往返。因此，家教中場休息時刻，學生母親都會準備一些香港帶回的點心（諸如：陳皮梅、糕餅、海產乾貨等）給

我們吃。

說實話，之前我從來不曾吃過如此可口的點心。在那個年代，於我而言，這些東西就如同山珍海味般難得。

說得誇張些，當時在品嚐這些珍品時，內心還會湧起一股莫名的小確幸。值得一提的是，一個念頭隨之而起——

「對了！母親年紀這麼大了，應該也少有機會吃過這些東西吧！」

接著，另一個念頭又起來——

「能夠的話，我是否該帶一些回去，讓她老人家也品嚐品嚐呢？」

於是，我跟學生打個商量：

「老師明天要期中考，今晚必須開夜車，剩下的點心可否帶些走？讓我準備功課時可以提神提神！」

沒想到，這孩子竟然挺善解人意，索性他自己不吃，把他的份也給了我。反倒是我自覺不好意思，盤中還刻意留了些，以免落個貪小便宜之嫌。就這樣，我小心翼翼地把這些點心放進了我的隨身包裡。

這個現代版的「懷橘遺親」情節，一直是我和這位功課雖不挺好，人卻可愛、善良又慷

慨的家教學生之間的小祕密。或許也因為我們有過這段小故事的緣故吧，他的名字至今我都還記得呢！

我妥善地保存了這些得來不易的珍品（至少，當時於我而言，那確實是珍品），然後，在下次返回新竹家中時，迫不及待地呈現給母親享用。看到她露出喜悅的表情，我內心不由得充滿無限溫馨。

「阿堯，你真是有心，謝謝你哦！」

我當然知道，她的欣慰絕不是因為難得的甜點，而是因為我對她所付出的雖卑微卻誠摯的孝心吧！

☆點心故事的真諦——我的反哺之情

今天，已過花甲之年的我，更能體會到，當時這種情愫的表達，其實也只不過是一種單純又自然的「母子情深」！當然，那更是當時在我有限能力下，得以對母親表達的一點「反哺之情」。

我記得，點心的故事一直在我漫長的家教歲月裡繼續演繹著，讓我在大學以及研究所生涯中，能夠有機會對母親略盡一絲孝心——至少是一種善意的「曲意承歡」。

我認為，這其實是任何為人子女者，都能輕易做得到的事——全憑你是否「有心」與「用心」罷了！

不諱言地說，這種對母親的「曲意承歡」，幾乎已經成為我一輩子的習性。

事實上，母親活到百歲辭世之前，我始終都是以如此心態去侍奉她老人家。因為，我早已深切體認到，無論時光怎麼飛逝，我始終都是她內心裡的小小么兒，而她更是我心目中永遠永遠的慈母。

誠然，我與母親之間緣分之深厚，是一般人所難以想像的。而有太多太多陳年憶往，它們都能夠輕易地喚起我對她老人家孺慕之情的追憶……

☆另個難忘故事——大連美食

猶記得多年前，我為了公務經常有機會出差到中國大連。

大連是個美麗的港口都市，漁產非常豐富鮮美，行程中難免會有當地友人作東請客。而東北人向來以豪邁慷慨出名，因此，每次安排的宴席排檔都是闊氣十足，幾乎海產中的名菜盡出，其中不乏海膽、鮑魚、海參、生魚片、鮮蝦、巨蟹等，以及各類罕見的鮮美海味。

印象中，最令我垂涎三尺的是紅燒鮑魚，不僅色香味俱足，而且粒粒飽滿鮮美。我看在眼裡，內心卻同時想著：鮑魚向來是母親非常喜歡的一道海鮮啊！我當然知道，母親年輕貧困時，少有機會品嚐；直到兒女皆已成家立業後，才較常吃到（畢竟，它還是屬於較昂貴的料理）。

這時，我靈機一動，想起公事包裡有個乾淨的塑膠袋，因此，趁著大夥兒忙著敬酒、聊天的當下，我以最快的速度，將自己盤中一顆肥美多汁的紅燒大鮑魚以及海參，放進準備好的袋中。而且，一回到旅館，便趕緊將它們放到冰箱的冷凍庫裡，藉以保存鮮度。

由於我出差的時間都不會太長，前後不過四天左右，因此返回家中時，這些食品都還挺新鮮的。見到母親後，我迫不及待地將它們解凍並加溫處理，隨即，服侍母親品嚐著我專程從大連千里迢迢帶回來的紅燒大鮑魚及海參。

☆么兒與老母的真情互動

我一面用刀子將它們細切成小等分，一面用叉子拿給母親品嚐。

「媽，好吃嗎？咬得動吧？應該很嫩才對！」

「很嫩！很好吃！阿堯，多虧你有心從大連帶回來呢，謝謝你哦！」母親邊吃邊點著頭回答。

看著她老人家眉開眼笑的欣慰表情，這時候，我內心的快樂真是無以名之。

我知道母親的高興，當然絕非因為這些東西的美味可口，而是，她深深感受到，這個么兒對她至誠的曲意承歡，以及一直以來的無微不至用心，連出差在外都還惦記著她。這是我的又一次「懷橘遺親」之行動。

其實，這濃濃的曲意承歡以及無微不至的真情流露，源自么兒與老母親之間，從嬰兒、童年、青少年、成年、壯年，以至於老年，那始終不曾間斷的「宿世善緣」與「母子情深」。

只因，這位可敬又可愛的老母親，是我阿堯永遠永遠的慈母……

☆母親法身始終與我同在

慈母之恩，欲報之德，昊天罔極！

如今，我敬愛的母親往生天國已經六年了，然而，她的法身卻始終與我同在。我經常會情不自禁地想起前述和她在一起的種種陳年憶往，因為……

母親是個非常有修養的人，從小到大，她的言教與身教都深深地影響著我，是我終生最

敬佩與最景仰的上師，更是我的佛菩薩。

說實話，一個人能夠活到百歲，除了要有福分之外，更要身心皆得健康。其實，這很不容易也很辛苦。而我何其有幸，能夠與母親共處六十五載歲月，直到她老人家高壽百歲辭世。

回想前幾年，我一直悲痛不捨，難以接受母親辭世的事實。因為，她老人家雖已屆百歲之年，但，她的身體依然硬朗、精神健旺，而且耳聰目明。

直到母親逝後六年的今日，我才真正覺知並感悟到，母親住世百歲的原因之一，是為了伴隨我走過人生的無數甘苦與悲歡，並在身旁教化我、善導我，陪我學習與成長。而終究離開了我，是她認為可以放下、該放下了，要讓我一個人自己走，走向性靈的精進與成長。

當然，我深信，母親雖然離開了我，但，她老人家的法身始終與我同在！

☆母親是我終生無時不眷念的身影

南山烈烈，飄風發發，斯人雖逝卻未遠去……

總之，在我心坎深處，母親永遠是我無時不眷念的身影，因此，這些年來，我陸續為她寫下《話我九五老母——花甲么兒永遠的母親》、《母親，慢慢來，我會等您》、《母親，

請您慢慢老》、《慈母心・赤子情——念我百歲慈母》、《詩念母親——永不止息》、《一個人陪老母旅行》、《母與子心靈小語》等七本孝母專書。

完成這些書之後，我早有江郎才盡之感。但，似乎仍是欲罷不能，因此，今天更以繪本書《再老，還是母親的小小孩》來表達我這么兒對母親她老人家那永不止息的緬懷之情。

而且，冥冥中好像有一股力量，不斷敦促著我，要我繼續寫下更多我與母親的故事，為推廣孝道而奉獻更多心力⋯⋯

這是我的故事，也是你的故事。謹此，願與有緣的讀者們分享，並如下共勉之——

今日——我寫我母，

此刻——且讀我母，

即日——請孝您母。

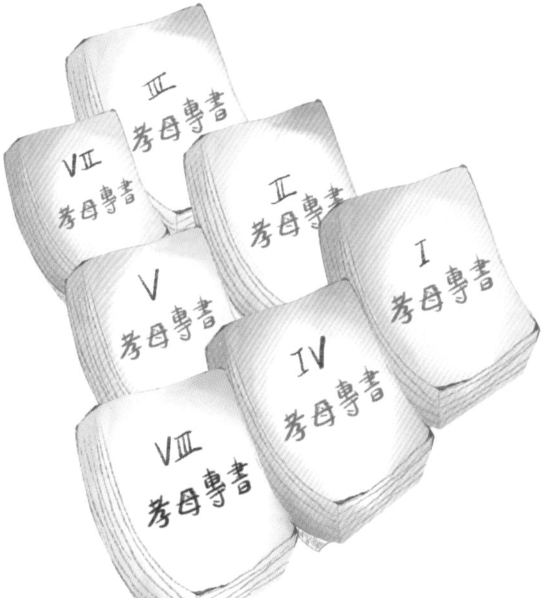
III
孝母專書
VII
孝母專書
II
孝母專書
I
孝母專書
V
孝母專書
IV
孝母專書
VIII
孝母專書

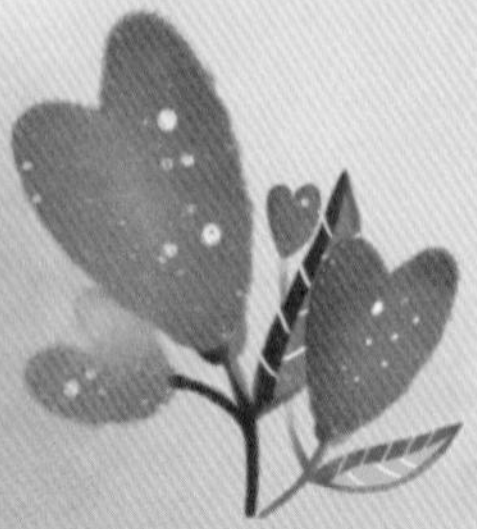

第一部

話我慈母

☆ 百歲老母與花甲么兒
☆ 母親跟前我永是孩子
☆ 依被母親疼惜的幸福
☆ 母親好意要照單全收
☆ 母親總把我當三歲孩
☆ 享受老母的溫馨叮嚀
☆ 感動母親的特別關愛
☆ 樂為母親心中老小孩

本文為作者於2015年參加由中國（台灣）文藝協會、淮安市淮陰區人民政府共同主辦，東森電視公司、聯經出版事業股份有限公司、《聯合文學》共同協辦的「第四屆海峽兩岸漂母杯文學獎」得獎之作：《再老，還是母親的小小孩》（散文組第三名）（2015年6月）。

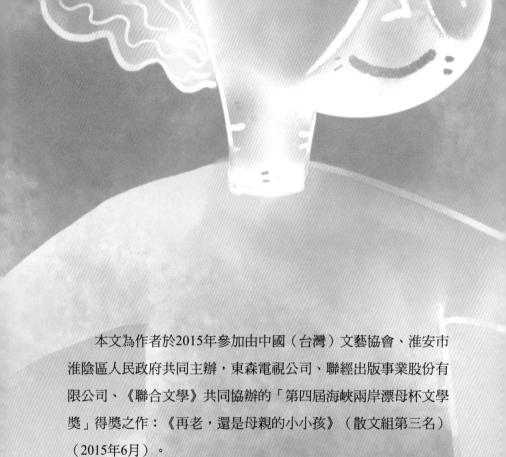

☆百歲老母與花甲么兒

母親年屆百歲，膝下撫育了十個子女——五男五女。

她在三十六歲時生下了我，我是她的么兒，排行老九。在兄弟姐妹中，我與母親的緣份最為深厚。

☆母親跟前我永是孩子

一個已過花甲之年的人，算不算老呢？

我在年屆半百的時候，女兒和兒子都已經視我為「老頭」了，更何況現在已過花甲之年。雖然，我還是很不情願承認自己的老，但，也不得不接受已被年輕人歸為「老者」一族的事實。

不過，我這樣的老者，在高齡已屆百歲的老母親心目中，卻永遠只是一個孩子。即便是，我已經當祖父及外公了，但，對她老人家而言，我仍然還是一個孩子，只不過，一個更成熟的孩子而已。

這讓我想起了二十四孝中，老萊子「彩衣娛親」的故事。它不僅發人深省，而且，更是現代人應該學習的孝行。也應驗了一句很平常的話：「在父母的面前，我們永遠是個孩子」，而無論我們年紀已有多大。

可不是嗎？別以為我們長大了，翅膀硬了，或已是為人父母甚至祖父母了，就忘了自己還是父母心目中的小孩。

想想，兩千多年前的老萊子，即使已高齡七十歲，卻仍然以赤子之心，為我們演出了「彩衣娛親」的孝行。正啟示著我們：兒女的赤子之心才是慰藉父母的最佳處方。

因此，如果你的母親老是把你當成孩子看待時，千萬別感到厭煩，甚至，更要順勢配合演出。因為，這樣的話，無形中，也會提升年邁母親對她自我價值的肯定。

而我，就是一個以此為樂的「老孩子」。

以下，藉著本文來與讀們分享。

☆依被母親疼惜的幸福

多年來，我已養成中午帶飯盒在辦公室用餐的習慣，而飯菜就是前天晚餐多準備的一份。通常，這飯盒也是由我自己來裝盛的。

只是，經常會發現，有些菜餚記得昨晚我並沒有放進飯盒裡，但，用午餐時卻突然出現了。起初還會懷疑，自己的記性是否變差了？後來，經我向照顧母親的外傭瑞塔詢問，才恍然大悟。

原來，母親看我在裝添飯盒時，即已發現我吃得太過清淡了，便逕自要求瑞塔幫我加了一些額外的食物。時而滷蛋、煎魚，時而豬肉或大哥買來孝敬她的吻仔魚乾，就是深怕我營養不夠。

一開始，我也曾經婉拒她的好意，並找出很多理由來說服她。但，母親並不理會，依然要求瑞塔照她的指示做。因此，每當我打開飯盒時，就經常會有意想不到的加菜。久而久

之，我也習以為常，索性乾脆欣然接受了。

雖然此刻的我，已然是一個祖父輩的老者了，但，在老母親的眼中，卻始終還只是她當年的小小孩。其實，我早該體悟這一層簡單的哲理，好好去享受：「一個老小孩依然能夠被老母親疼惜的幸福與愉悅」。

☆母親好意要照單全收

「阿堯！這裡有花壽司及手卷，很好吃，晚餐時你就先吃這些吧！」母親以既慈祥又和藹的眼神對著我說。

哇塞！三個花壽司、一個手卷、外加一碗豆花，這已經超出我晚餐的份量了，吃完這些之後，我根本不可能再去用正餐了。

據外傭瑞塔告訴我，那些食物都是兄姊們來探望母親時帶來的午餐，每個人都有一份。只不過，母親每次總是留下了大半，等我下班回來用晚餐時，就迫不及待地催我吃。

我當然知道，她並非吃不完，而是捨不得吃，刻意留下來給我。前幾次，我拒絕了她的好意，佯稱自己並不喜歡這些東西，希望下次她自己享用就好，不必特意留給我。

不過，好幾次我發現她有些失落，讓我覺得於心不忍。畢竟，這是她對我表達關懷及善意的一種方式。無論如何，母親的好意我實在不該那麼直接地就拒絕了。

「好吧！媽！我來品嚐一下這些壽司，看看好不好吃？」後來，我態度大轉變地對她說。甚至，索性當著她的面，很快地吃完了這些壽司。

她看著我大快朵頤的吃相，眼神既慈祥又滿意，頓時，我也跟著她高興起來。而一高興，就吃得愈加起勁。這時候，母子盡歡，何樂不為呢？

自此以後，只要她留了東西給我吃，我都照單全收，絕不再與她討價還價。

我總是這麼想，自己都已是這麼大把年紀了，還能夠有個老母親把我當成孩子般地疼惜，這是何等偌大福報啊！我豈有不珍惜之理？媽！我由衷地感謝您！

☆母親總把我當三歲孩

「阿堯！今天的天氣很冷，上班要多穿點衣服，免得感冒了哦！」

看！我都已經是一甲子的年紀了，母親還是把我當成三歲小孩般地看待，深怕我不會照顧自己似的。尤其是冬天寒流來的時候，她更是再三叮嚀我。

一開始，我還會和她爭論：「媽！您別管我啦！我根本不怕冷，不需要穿太多的衣服。倒是您自己年紀大了，需要多穿一點呢！」

然而，她根本不理會我的回應。每次在我上班出門前，總是不忘再三叮嚀我：

「阿堯！有沒有多穿點衣服啊？圍巾帶

了沒？聽氣象局報導，傍晚會有另一波寒流來，溫度會降低五度左右，要注意保暖，不要感冒了。」

說實話，她根本無感於我已是六十好幾的人了，卻始終還是把我當成不懂得照顧自己的孩子看待。

後來，我想通了。我不該和她爭論，而應該順著她的善意去做。因此，每當她又叮嚀我時，我就回答道：

「媽！多謝您的提醒，我已經多加了一件羊毛背心，也套上圍巾了。」

說著，我就當著她的面，把圍巾給套上。這時，她滿意地對我說：「對嘛！這才夠暖和，趕快上班去吧！」

其實，這也是母親關心我的一種方式，而這種互動，也讓她感覺到她的母愛依然熱力未減。尤其，這種天性之愛，更令她感覺到生命力的無窮意義以及活存的價值。

說實話，「再老，還是母親的小小孩」。我越來越懂得那種身為一個老小孩，卻依然能夠被老母親疼惜、關愛的一種幸福感。

☆享受老母的溫馨叮嚀

「阿堯！便當帶了沒有？也別忘了帶你的手機上班哦！」

自從有幾次我從上班途中，折回家來拿忘了帶走的午餐飯盒或手機之後，這句話已經成為上班前我向母親辭行時，她一定會再三提醒我的話語。

我在年輕時，如果聽到這樣的對話，一定會覺得母親太囉嗦了。但是，現在聽了反而覺得一股暖意在心頭。甚至，我把這樣的感覺，當做一種無比的享受，享受著一位老小孩還能被母親關愛的無上幸福。

☆感動母親的特別關愛

母親一生虔誠信佛，尤其和「南無觀世音菩薩」特別有緣。她幾乎每天早上都會向觀世音菩薩禮佛、敬頌佛號，同時也會為十二生肖及普羅眾生們祈願。此外，更祈求家中所有親人都能平安、健康。

從小至今，我深受母親的身教所感化，每天早晚也各以一柱清香來禮佛。有時候，清晨正好與母親同時禮佛時，也會聽到她口中念念有詞。而在她的祈禱內容中，竟然也有專為我祈禱的部份。

這點，真是太令我感動了！我當然知道母親對我這個么兒的特別關愛。而我也毋需客氣地坦承，這些年來，我對母親的孝行也是兄姊們所一致肯定的。無怪乎，母親對我是如此地疼惜。

☆樂為母親心中老小孩

我當然知道，歲月總是催人老，我和母親都會隨著時間的沙漏，一天、一月、一季、一年……地愈來愈老。而不變的是，母親仍然會是一個年長我三十五個年頭的母親。

換言之，母親會是我永遠永遠的老母親，而我也會是她永遠永遠的小小孩。我覺得，這聽起來或許平凡，但，其實是一件很棒的事。

可不是嗎？一個人再老，卻永遠還是母親心目中的小小孩。

而我何其有幸？已過了花甲之年，還能夠有個百歲高齡的老母親來疼惜我。

我，以此為樂，也以此為福，更是心存感恩！

第二部

詩我慈母

☆ 再老還是您的小小孩

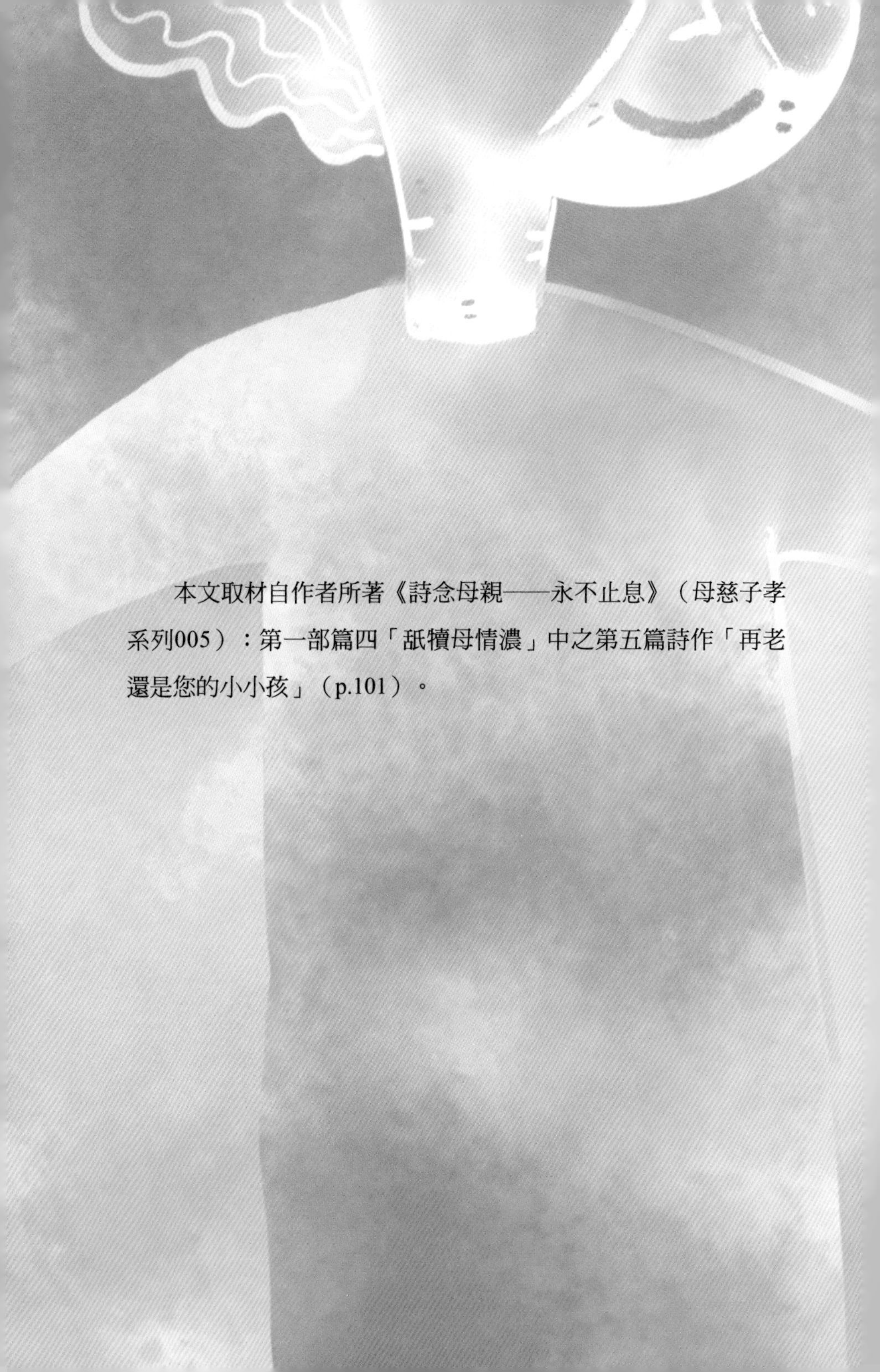

本文取材自作者所著《詩念母親——永不止息》（母慈子孝系列005）：第一部篇四「舐犢母情濃」中之第五篇詩作「再老還是您的小小孩」（p.101）。

☆再老還是您的小小孩

之一

有一首歌，廣為流傳——
〈世上只有媽媽好〉
歌曲淺顯，詞意扣人心弦。
它說：「有媽的孩子像塊寶」，
也嘆：「沒媽的孩子像根草」；
描繪天下孩子的幸與不幸。

「投進媽媽的懷抱，幸福享不了」

「離開媽媽的懷抱，幸福哪裡找」

無關貧富，媽媽的懷抱永遠是孩子的幸福所在；

媽媽的懷抱是避風港，是無價寶，用錢買不到。

憶我孩提　每逢挫折不如意時
只須投進媽媽懷抱　讓媽媽哄哄撫撫
再大委曲　隨即雲消霧散　破涕為笑
母親神奇力量與生俱來　無人能替

往事飛逝已然半世　今想起猶歷歷如昨
母親秀美容顏　馨逸體香
還有那溫暖懷抱　一一收在我記憶匣裡
每當在街頭鄰里　看見類似情景
它即自動偷偷打開　讓我重溫童年那美好憶往

這些感受和經歷　其實多數人皆有
只是　隨著年紀漸長　卻逐日淡忘
尤其成家立業後　更是任其模糊　不復記起
多麼可惜　關於母愛的回憶
曾經是　可以是　鼓勵你生命奮起的偉大力量

更且　忘記母愛　忘記對你恩情浩蕩的母親
那是何等可悲　何等不孝
然而　母親即母親　委曲如此　終不計較
一旦她生下你　她便永遠愛你惜你
你終是　她永遠永遠的寶貝
何其偉哉　如此無私無怨無悔的母愛
何其慚愧　孩子的回報卻僅及其萬一　慚愧啊

之二

有人說　在你生命中最荒謬的一天
就算你亟欲隱飾　也騙不過你的母親

人子啊　請靜靜想想　你這一生
每當　挫折煩憂　困頓無助　委曲不如意
一時無人能聽你傾訴　朋友沒空　配偶在忙
那時　誰會是你最想找的人
當然唯有　永遠一旁守護並深愛著你的母親

人皆會年華老去　那時　母親比我們又更老
然而　母親眼中的我們　依舊是她從前的小小孩
不同的只是外表　你變成了一個大孩子
或老孩子——她再也抱不起　揹不動

世上所有的母親　都患了某種老花眼
她們永遠看不出　她的孩子已經不是「孩子」
我的母親亦如此　呼喚已是「公」字輩的我
好像呼喚當年那個　稚氣不懂事的么兒

母親的關愛和疼惜　從不因時間飛逝而遞減
甚而　更加眷戀依依　更加濃郁黏膩
母親的愛綿綿不絕　無私無我　不求回報
那感受　難以名狀　那感動　更無法形容

我感恩自己的幸福——老小孩依然被老母親日日疼惜著
也享受無盡的天倫樂——母子倆的舐犢情濃與孺慕情深

歲月無情　青春一天飛逝一天　母親竟已百壽
每每告誡自己　務要及時把握　惜取與慈母共處時光
這樣的時光　就像世上絕無僅有的藝術精品
愈來愈加昂貴　也愈來愈值得珍惜

如今　我已是花甲一老翁
看看　世間多少名利轉眼已成空

頓悟　人情冷暖有虛有假

更覺　母親的愛多麼寶貴無價　多麼真實而永恆

心中不時默唸：

「媽　我永遠是您眼中的么兒　時時需要您關懷」

附錄一

母親年譜事紀

年份	年齡	事紀
一九一七（民國六年）	誕生	農曆正月十八日（身份證登記國曆六月二十四日），生於臺灣新竹市，為外祖父連商宜和外祖母連楊棕的獨生女，母親上有三位兄長。外祖父是清末的秀才，但母親生下來即為遺腹女
一九一八（民國七年）	二歲	林家認養母親為養女
一九二七（民國十六年）	十一歲	蔡家認養母親為養女
一九二九（民國十八年）	十三歲	日據時代新竹女子公學校畢業（日式教育）
一九二九（民國十八年）	十一－十三歲	公學校畢業後，因家貧無力繼續升學。但經常利用餘暇在新竹市關帝廟之漢學私塾旁聽，自學而奠立了漢語基礎，聽、說、讀、寫皆能
一九三四（民國二十三年）	十八歲	嫁給父親褚彭鎮為妻
一九三五（民國二十四年）	十九歲	長女褚媞媞出生
一九三七（民國二十六年）	二十一歲	二女褚惠玲出生

年份	年齡	事紀
一九三八（民國二十七年）	二十二歲	長男褚煜夫出生
一九四〇（民國二十九年）	二十四歲	二男褚炯心出生
一九四二（民國三十一年）	二十六歲	三女褚雅美出生
一九四四（民國三十三年）	二十八歲	四女褚玎玲出生
一九四七（民國三十六年）	三十一歲	三男褚式鈞出生
一九四九（民國三十八年）	三十三歲	四男褚炳麟出生
一九五二（民國四十一年）	三十六歲	五男褚宗堯出生
一九五七（民國四十六年）	四十一歲	五女褚珮玲出生
一九九四（民國八十三年）	七十八歲	年初開始作畫，無師自通畫了十年之久，後因眼力關係而少畫，共有百幅左右。我保存了五十幅，其中挑選了二十五幅代表作，珍藏於《話我九五老母》一書中
一九九六（民國八十五年）	八十歲	隨同五男宗堯全家祖孫三代至北歐四國及俄羅斯旅遊
二〇〇一（民國九〇年）	八十五歲	五男宗堯首次單獨陪同母親至中國上海旅遊
二〇〇二（民國九十一年）	八十六歲	五男宗堯再次單獨陪同母親至中國上海二度旅遊
二〇〇三（民國九十二年）	八十七歲	五男宗堯單獨陪同母親至日本北海道旅遊
二〇〇六（民國九十五年）	九十歲	五男宗堯單獨陪同母親至日本立山黑部旅遊，此行為母親一生中最後一次國外旅遊，多年後她曾經對我說過，這也是她此生中最愉快、最難忘的旅行
二〇〇七（民國九十六年）	九十一歲	曾孫褚浩翔（三男式鈞之孫）出生（母親算起之褚家第一位第四代孫子）

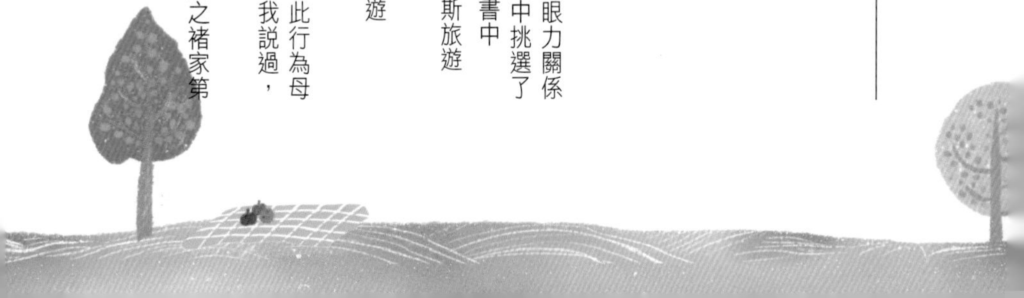

年份	年齡	事紀
二〇一〇（民國九十九年）	九十四歲	曾外孫陳羿愷（五男宗堯之外孫）出生（母親算起之褚家第一位第四代外孫）
二〇一一（民國一〇〇年）	九十五歲	一月三十日起長期定居於五男宗堯家
二〇一二（民國一〇一年）	九十六歲	母親與五男宗堯於正月十八日共同創立「財團法人褚林貴教育基金會」，母親並榮膺基金會「創辦人暨第一任董事長」
二〇一二（民國一〇一年）	九十六歲	宗堯為母親寫的第一本專書《話我九五老母——花甲么兒永遠的母親》，十一月正式出版
二〇一三（民國一〇二年）	九十七歲	基金會榮獲新竹市政府感謝狀，我代替母親接受表揚
二〇一三（民國一〇二年）	九十七歲	曾外孫陳羿捷（五男宗堯之外孫）出生（母親算起之褚家第二位第四代外孫）
二〇一四（民國一〇三年）	九十八歲	五男宗堯為母親寫的第二本專書《母親，慢慢來，我會等您》，五月正式出版
二〇一四（民國一〇三年）	九十八歲	基金會再度榮獲新竹市政府感謝狀，我再次代替母親接受表揚
二〇一四（民國一〇三年）	九十八歲	曾孫褚旭展（五男宗堯之孫）出生（母親算起之褚家第二位第四代孫子）
二〇一四（民國一〇三年）	九十八歲	十一月九日五男宗堯陪同母親搭乘高鐵至「臺北一〇一大樓」，這是她第二次參訪「臺北一〇一大樓」

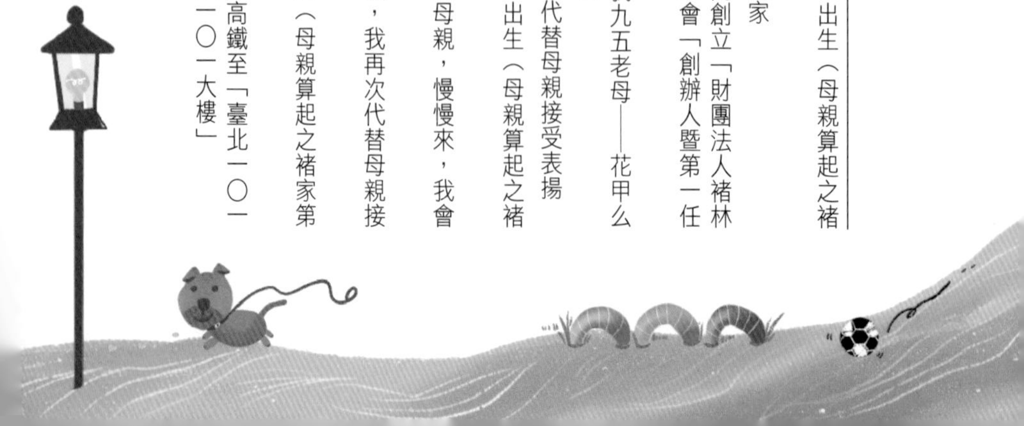

年份	年齡	事紀
二〇一四（民國一〇三年）	九十八歲	十二月三日五男宗堯陪同母親搭乘高鐵至高雄「佛光山」及「佛陀紀念館」參訪，母親非常欣慰及感恩，此生能有此機緣到此佛教聖地禮佛
二〇一五（民國一〇四年）	一百歲	六月九日五男宗堯以〈再老，還是母親的小小孩〉一文榮獲「第四屆海峽兩岸漂母杯文學獎」散文組第三名，母親相當高興，對我讚譽有加，並且非常用心地詳讀我的得獎之作
二〇一五（民國一〇四年）	一百歲	母親於十二月二七日自在往生淨土，享年百歲（以農民曆算，已過冬至並吃過湯圓），這天是農曆十一月十七日，正值阿彌陀佛佛誕日，依於她這一生的福德因緣，我深信她老人家已經往生西方極樂世界
二〇一六（民國一〇五年）		恭請母親為「財團法人褚林貴教育基金會」永久榮譽董事長
二〇一六（民國一〇五年）		四月四日為母親往生「百日」，這天亦適逢清明節，甚為殊勝
二〇一六（民國一〇五年）		十二月十五日為母親往生「對年」（農曆十一月十七日）
二〇一六（民國一〇五年）		五男宗堯為母親寫的第三本專書《母親，請您慢慢老》，五月正式出版（本書原計畫作為慶賀母親百歲壽誕之禮）
二〇一七（民國一〇六年）		一月六日母親之牌位與祖先牌位正式合爐

年份	年齡	事紀
二〇一七（民國一〇六年）		曾孫女褚伊涵出生（五男宗堯之孫女），亦是母親算起之褚家第一位第四代孫女）
二〇一八（民國一〇七年）		一月三日為母親往生「兩周年」紀念日（農曆十一月十七日）
二〇一八（民國一〇七年）		五男宗堯為母親寫的第四本專書《慈母心・赤子情——念我百歲慈母》，二月正式出版（本書恭作為母親一百零二歲誕辰之紀念）
二〇一八（民國一〇七年）		十二月二十三日為母親往生「三周年」紀念日（農曆十一月十七日）
二〇一九（民國一〇八年）		五男宗堯為母親寫的第五本專書《詩念母親——永不止息》（詩文），二月正式出版（本書恭作為母親一百零三歲誕辰之紀念）
二〇一九（民國一〇八年）		十二月十二日為母親往生「四周年」紀念日（農曆十一月十七日）
二〇二〇（民國一〇九年）		五男宗堯為母親寫的第六本專書《一個人陪老母旅行》（小說），二月正式出版（本書恭作為母親一百零四歲誕辰之紀念）
二〇二〇（民國一〇九年）		十二月三十一日為母親往生「五周年」紀念日（農曆十一月十七日）

年份	年齡	事紀
二〇二一（民國一一〇年）		五男宗堯為母親寫的第七本專書《母與子心靈小語》，二月正式出版（本書恭作為母親一百零五歲誕辰之紀念）
二〇二一（民國一一〇年）		十二月二十日為母親往生「六周年」紀念日（農曆十一月十七日）
二〇二二（民國一一一年）		五男宗堯為母親寫的第八本專書《再老，還是母親的小小孩》（繪本），二月正式出版（本書恭作為母親一百零六歲誕辰之紀念）

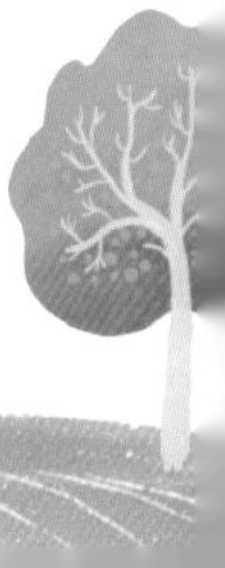

附錄二

母親創立的教育基金會

☆關於基金會

母親是「財團法人褚林貴教育基金會」的創辦人暨第一任董事長，本文特將基金會的成立宗旨、使命、方向、及目標，透過在基金會官網及facebook上之基本資料簡介如後，期能藉此拋磚引玉，呼籲更多慈善的社會人士及機構共襄盛舉，一起投入回饋社會的行列。

名稱：財團法人褚林貴教育基金會

成立時間：二〇一二年一月十八日

聯絡處：30072新竹市東區關新路27號15樓之7

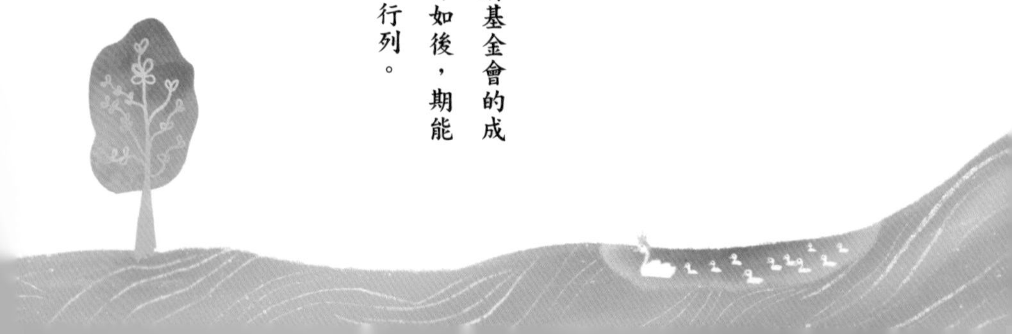

☆基金會概覽

本基金會成立於民國一〇一年一月十八日，由創辦人暨第一任董事長褚林貴女士以及執行長褚宗堯先生共同捐贈出資設立。

成立之宗旨主要是秉持褚林貴女士慈悲為懷、樂善好施之精神，並以「贊助家境清寒之學子努力向學」，以及提升「家庭教育」與「社會教育」之品質及水準為本基金會發展之三大主軸；此外，並以「弘揚孝道」為重要志業。

創會董事長褚林貴女士生於民國六年，家學淵源，是清末秀才的遺腹女。她的一生充滿著傳奇性，不僅出身寒門，從小失怙，而且，經歷了兩次不同家庭的養女歲月，卻從不怨天也不尤人。及長，嫁給出身地主之家的夫婿，原本家境不錯，可惜年輕的夫婿在南京及上海的兩次經商失敗之後，家道從此中落。

不久，十個子女又先後出生，沉重無比的家計負擔，長期不斷地加諸在她一個弱女子的身上，她卻能夠隨緣認命，咬緊牙關，憑著自己無以倫比的堅強毅力，以及天生的聰慧靈敏，終於振興了褚家的家運。

今天的褚家，雖非達官顯貴之家，但，至少也是個書香門第，是一門對國家及社會有一

定貢獻的家族。她的孩子中有博士，有教授，有名師，有作家，有董事長，有總經理等。以褚林貴女士的那個艱困年代，以及她的貧寒出身而言，能夠單憑她的一雙手造就出如此均質的兒女出來，真的不得不佩服她教育子女的成功，以及對子女教育的重視與堅持。

當年，她膝下已兒孫滿堂，而且多數稍具成就。為此，更感念於過去生活之艱辛不易，而亟欲回饋社會。一方面，希望能夠協助需要幫助的弱勢學子，另方面，更思及家庭教育、社會教育、與孝道弘揚之重要功能，實不可忽視，因此，主動成立此教育基金會。

褚林貴女士期望能夠透過本基金會之執行，以實際行動略盡綿薄之力，並藉此拋磚引玉，呼籲更多的社會人士及機構共襄盛舉，一起投入回饋社會的行列。

☆簡介——使命與業務

本基金會秉持褚林貴女士慈悲為懷、樂善好施之精神，除了主動贊助家庭清寒之學子努力向學之外，並以提升家庭教育及社會教育之品質與水準，作為本基金會今後發展的三大主軸；此外，並以「弘揚孝道」為重要志業。

為此，舉凡上述相關之事務、活動的推展，包括書籍或刊物之出版、教育人才之培育及

提升、以及孝道之弘揚等，皆為本基金會未來努力之方向及目標。

使命：提升新竹市教育品質，充實新竹市教育資源。

主要業務：

一、促進家庭教育與社會教育相關事務及活動之推展。

二、協助並贊助家庭教育與社會教育相關人才之培育及提升。

三、出版或贊助與家庭教育及社會教育相關之書籍或刊物。

四、設置清寒獎助學金獎勵及贊助家庭清寒學生努力向學。

五、贊助及推動與家庭教育及社會教育相關之藝文公益活動。

六、弘揚孝道及推廣母慈子孝相關藝文活動之促進。

七、其他與本會創立宗旨有關之公益性教育事務。

☆基本資料

許可證書號：（101）竹市教社字第一〇八號（民國一〇一年一月十八日正式許可）

核准設立號：（101）府教社字第六〇六六號（民國一〇一年一月十八日核准設立）

法院登記完成日：中華民國一〇一年二月一日

基金會類別：教育類　統一編號：31658509

基金會網址：https://www.chulinkuei.org.tw
facebook網址：https://www.facebook.com/chulinkuei
永久榮譽董事長：褚林貴
董事長兼執行長：褚宗堯
董事兼總幹事暨聯絡人：朱淑芬

☆贊助方式

〔若蒙捐贈，請告知：捐款人姓名、地址、電話，以便開立收據〕

銀行代號：806（元大銀行——東新竹分行）
銀行帳號：00-108-2661129-16
地址：30072新竹市東區關新路27號15樓之7
電話：03-5636988　分機205——朱小姐
傳真：03-5786380
E-mail：foundation.clk@gmail.com

附錄三

褚宗堯作品集

生活散文集：

1. 一天多一點智慧	一九九九年五月	高寶國際書版集團	散文
2. 境隨心轉——悠遊人生的況味	二〇〇〇年六月	高寶國際書版集團	散文
3. 笑納人生——養生、悠閒與精進	二〇〇二年十一月	聯經出版事業公司	散文
4. 話我九五老母——花甲么兒永遠的母親	二〇一二年十一月	褚林貴教育基金會	傳記
5. 母親，慢慢來，我會等您	二〇一四年五月	褚林貴教育基金會	散文
6. 母親，請您慢慢老	二〇一六年五月	褚林貴教育基金會	散文
7. 慈母心・赤子情——念我百歲慈母	二〇一八年二月	褚林貴教育基金會	散文
8. 詩念母親——永不止息	二〇一九年二月	褚林貴教育基金會	詩詞

9. 一個人陪老母旅行——母與子的難忘之旅　二〇二〇年二月　褚林貴教育基金會　小說
10. 母與子心靈小語　二〇二一年二月　褚林貴教育基金會　散文
11. 再老，還是母親的小小孩　二〇二三年二月　褚林貴教育基金會　繪本

專業著作：

《經營觀念論集》、《企業概論》、《企業組織與管理》、《現代企業概論》、《金榜之路論集》等。

翻譯著作：

《工作評價》（Job Evaluation, Douglas L. Bartley著／林富松、褚宗堯、郭木林合譯）

《經濟學》（Economics, Michael Bradley著／林富松、褚宗堯合譯）

附錄四

延伸閱讀

作者簡介：

褚宗堯 博士

國立交通大學「管理博士」，國立台灣大學「學士」「碩士」，國家高等考試「企業管理人員」及格。國立交通大學管理科學系「退休教授」，華瀚文創科技「創辦人」兼「共同執行長」，安瀚科技「執行董事」，褚林貴教育基金會「董事長」兼「執行長」。

專業著作：

《經營觀念論集》、《企業概論》、《企業組織與管理》、《現代企業概論》、《金榜之路論集》等。

生活散文集：

《一天多一點智慧》、《境隨心轉——悠遊人生的況味》、《笑納人生——養生、悠閒與精進》、《話我九五老母——花甲么兒永遠的母親》、《母親，慢慢來，我會等您》、《母親，請您慢慢老》、《慈母心・赤子情——念我百歲慈母》、《詩念母親——永不止息》、《一個人陪老母旅行》、《母與子心靈小語》、《再老，還是母親的小小孩》等。

文學獎：

榮獲「第四屆海峽兩岸漂母杯文學獎」（散文組第三名）。〔得獎之作：〈再老，還是母親的小小孩〉（二〇一五年六月）〕。

繪者簡介

李盈蓁

國立清華大學「藝術設計研究所」碩士，平面設計創作者。

母慈子孝系列

母慈子孝001

《話我九五老母——花甲么兒永遠的母親》

母親一生充滿著傳奇性，不僅出身寒門，從小失怙，且經歷了兩次不同家庭的養女歲月，卻從不怨天也不尤人。及長，雖嫁做貧窮地主之妻，但家道一貧如洗，十個子女先後出生，沉重無比的家計負擔，長期不斷的加諸在她一個弱女子的身上，卻能夠隨緣認命，咬緊牙關，憑著自己無以倫比的堅強毅力，以及天生的聰慧靈敏，終於振興了褚家的家運。

母慈子孝002

《母親，慢慢來，我會等您》

母親！您已年近百歲，雖然偶爾會忘了扣釦子、戴假牙。吃飯時，也會掉些飯菜、弄髒衣服；梳頭髮時，手還會不停地抖。但，請您放心！我會對您付出更多的溫柔與耐心，也願意花更多的時間，協助您慢慢的用湯匙、用筷子吃東西；幫您穿鞋子、扣釦子，推輪椅；幫您穿衣服、梳頭髮、與剪指甲。

母慈子孝003
《母親，請您慢慢老》

本書全然以「母愛」及「愛母」為主軸；字裡行間更是舖設著從小到今，我這么兒與百歲老母親之間，那種發乎至情的「孺慕之情」與「牴犢情深」。如果細細品讀，相信你也會感受到幾許母子情深的無限溫馨。

謹以此書呈獻給：我一生的導師以及永遠的母親——林貴女士。此書除了作為她百歲華誕的生日獻禮之外，也感謝她老人家，對我一輩子無始無邊以及無怨無悔的生我、鞠我、長我、育我、顧我、度我……，並向她老人家懇切地說聲：

「母親，我永遠愛您！也請您慢慢的老，讓我能夠孝順您更久！」

母慈子孝004
《慈母心・赤子情——念我百歲慈母》

這世上，會為自己母親一連寫下四本書的兒子，應該不多吧？而本書作者即是罕見的例子。

一位排行老九的么兒，在為他世壽百歲老母所寫的第四本書中，更是充滿著令人為之感動及讚嘆的母子情深。

書中的故事不只發生在作者身上，其實也是你的故事與心聲，只是作者幫你寫了出來。

還記得孩提時，母親對你那些點點滴滴的「舐犢情深」嗎？如果，你對母親還有一絲「孺慕之情」的話，那麼，讀了本書你定然也會感動不已！

你我的即時覺醒，就不會讓這社會任其「世風日下，人心不古，孝道黯然」。

母慈子孝005
《詩念母親──永不止息》

母親是個非常有修養的人，從小到大，她的言教與身教深深地影響著我，是我終生敬佩及景仰的上師，更是我的佛菩薩。

一個人能夠活到百歲，除了要有福份，更要身心皆得健康；其實，這很不容易也很辛苦。而我何其有幸，能與母親共處六十五載歲月，直到她高壽百歲辭世。

回想當年，我一直悲痛不捨，難以接受母親辭世的事實，因為，她老人家雖已屆百歲之年，但，她的身心依然體健英發、耳聰目明。

直到母後三年今日，我才真正覺知並感悟到，母親住世百歲的原因之一，是為了陪我走過人生無數甘苦與悲歡，並在身旁教化我、善導我學習與成長。而終究離開了我，是她認為可以放下、該放下了，要讓我自己走，走向性靈的精進與成長。

母親決是我終生無時不眷念的身影，本書我以近五十首現代詩，來發抒我對她老人家無限的緬懷之情，藉著「詩念母親」來「思念母親」──永不止息。

母慈子孝006
《一個人陪老母旅行——母與子的難忘之旅》

你曾經一個人陪老母旅行嗎？一個人哦！沒有其他親人或朋友。

相信很少人有此經驗，而我，就如此幸運；而且，不止一次。

想想那個畫面，一對已過半百的么兒與八十五歲以上的老母親。

再想想：長大後、結婚後，你有多久沒有和母親長時間獨處了？

我必須告訴你，那種感覺既純真、自在，又舒坦。

感謝妻的體諒與支持，欣然成全我，多次讓我一人陪老母去旅行。

藉此，聊表么兒對老母孝心之一二，那是萬金所難買到的。

這些經驗與心得，我寫了下來，抒發么兒對老母永不止息的緬懷。

同時，也願與有緣及有心的讀者們一起分享。

母慈子孝007
《母與子心靈小語》

寫作過程中，對母親永不止息的思念，不斷

從記憶金庫裡泉湧，讓我穿梭於時光甬道間，將我與母親倆珍貴的歲月憶往，藉由「心靈小語」為畫筆，描繪出更立體與層次感的情節及場景。

感謝佛菩薩加持，賜給我完成本書及前六本書的機緣與動力，讓我更深入瞭解我百歲仙逝慈母的德行與情操，發現，母親她比我想像中還要偉大、還要令我敬佩。

當我逐段、逐行、逐字修稿及潤稿時，在反覆細細品讀下，愈發感悟：母親對子女的「舐犢情濃」，以及子女對母親的「孺慕情深」，絕對是人間最為可貴的至愛。

這是我的故事，也是你的故事，是每個人一生中必然經歷的事，《母與子心靈小語》只想呼籲大家：行孝要「及時」更要「即時」！

國家圖書館出版品預行編目

再老,還是母親的小小孩 / 褚宗堯著. -- 新竹市：
財團法人褚林貴教育基金會, 2022.02
面； 公分. -- (母慈子孝 ; 8)
ISBN 978-986-88653-7-2(精裝)

863.55　　　110022135

母慈子孝008

再老，還是母親的小小孩

作　　者／褚宗堯
執行編輯／洪聖翔、杜芳琪
封面設計／李盈蓁
封面完稿／劉肇昇
圖文排版／黃莉珊
出　　版／財團法人褚林貴教育基金會
30072新竹市東區關新路27號15樓之7
電話：+886-3-5636988
傳真：+886-3-5786380
製作銷售／秀威資訊科技股份有限公司
114 台北市內湖區瑞光路76巷69號2樓
電話：+886-2-2796-3638
傳真：+886-2-2796-1377
網路訂購／秀威書店：https://store.showwe.tw
博客來網路書店：http://www.books.com.tw
三民網路書店：http://www.m.sanmin.com.tw
讀冊生活：http://www.taaze.tw

出版日期／2022年2月
定　　價／280元

版權所有・翻印必究　All Rights Reserved
Printed in Taiwan